W9-BIA-749

WITHDRAWN

Para Ann Bobco, con amor

OLIVIA LA ESPÍA

Originally published in English under the title: *Olivia the Spy*

Text and illustrations copyright © 2017 by Ian Falconer
Spanish translation copyright © 2017 by Lectorum Publications, Inc.
Photo of Lincoln Center for the Performing Arts copyright © 2006 by Magnus Feil
Photo of Park Avenue copyright © 2016 by WallpaperFolder.

This edition is published by arrangement with Simon & Schuster Books for Young Readers, an imprint of Simon and Schuster Children's Publishing Division, New York.

For permission regarding this edition, write to Lectorum Publications, Inc.,
205 Chubb Avenue, Lyndhurst, NJ 07071

THIS EDITION NOT TO BE SOLD OUTSIDE THE UNITED STATES OF AMERICA, PUERTO RICO, AND CANADA.

Printed in China

ISBN: 978-1-63245-649-6
10 9 8 7 6 5 4 3 2 1

OLIVIA
la ESPÍA

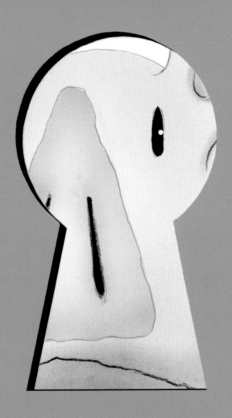

Escrito e ilustrado por Ian Falconer

LECTORUM
PUBLICATIONS, INC.
205 Chubb Avenue • Lyndhurst, NJ 07071

Una tarde, Olivia caminaba
por el pasillo, cuando
escuchó a su mamá
que hablaba con su tía.
—¡Me tiene agotada! Justo cuando
acabé de limpiar la cocina,
a Olivia se le ocurrió hacer
un batido. ¡Un batido
de arándanos!

Olivia, al escuchar su nombre,
se detuvo.

—Le dije: «No lo llenes hasta el tope.
No eches todos los arándanos
y no le pongas mucha leche
o de lo contrario salpicará».

—Mami, YO SÉ usar la licuadora.

—Adivina quién tuvo que limpiar todo eso.
Luego —continuó su mamá—, ocurrió
el episodio de la lavandería….

Le pedí que pusiera las camisas blancas de su papá en la lavadora.

«Olivia», le dije,
«ponlas una por
una para que
no se enreden…

y solo una tapa de jabón».

—Mamá, YO SÉ
manejar la
lavadora.

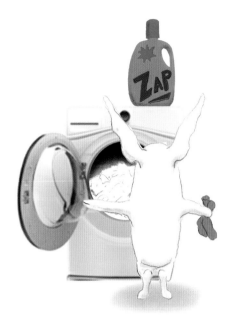

—Olivia, pusiste tus medias rojas con las camisas blancas y ahora las camisas blancas son rosadas.

—¡Me parece que se ven bonitas!

—Bien, entonces, ¡úsalas tú!

Y eso fue lo que hizo.

—Oh, me gustaría
encontrar
un lugar a donde
mandarla hasta
que aprenda algo de
SENTIDO COMÚN.

"¿Algo de SENTIDO COMÚN? —pensó Olivia—.
Yo soy la ÚNICA en esta casa con sentido común.
¿Qué MÁS estará diciendo de mí? Tal vez debería investigarlo".

Y decidió investigar.

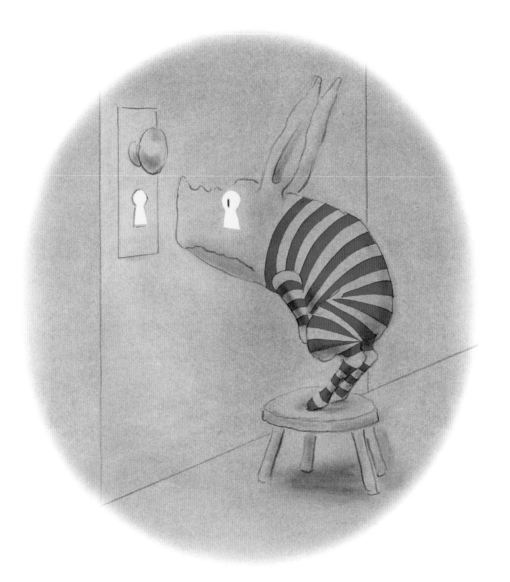

Pero tuvo que hacerlo a escondidas.

Olivia, que siempre había sobresalido, ahora tenía que camuflarse.

Ella podía estar en cualquier lugar.

En cualquier lugar.

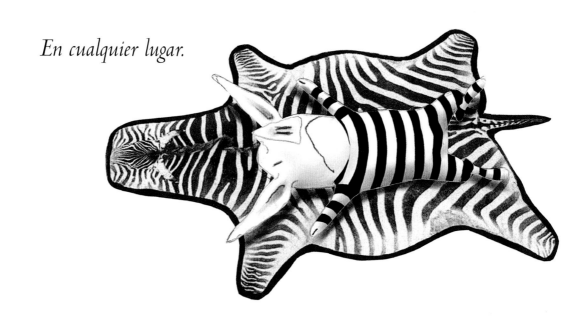

Seriamente, en cualquier lugar.

—Honestamente, es agotadora.
Ayer le tuve que pedir cinco veces
que organizara su cuarto.

Si al menos hubiera un lugar
donde le enseñaran a escuchar…

como una escuela militar.

La mamá de Olivia había planeado sorprenderla llevándola
al ballet, pero ahora tenía dudas.
—¿Crees que si la llevo al ballet podrá permanecer
sentada sin moverse y sin hacer ruido?

Olivia se asomó justo cuando su papá decía:
—¡Oh, ese es el lugar perfecto para llevarla!
Después de todo, es una INSTITUCIÓN.

Al día siguiente, Olivia le preguntó a su maestro:
—¿Qué es una institución?

—Muy buena pregunta, Olivia.
Una institución puede ser muchas cosas.
Puede ser un edificio, como una biblioteca,
o una tradición, como el matrimonio.
O podría ser el ejército, o una prisión…

biblioteca

matrimonio

el ejército

prisión

¡¿Prisión?!

A la mañana siguiente, la madre de Olivia le pidió
que estuviera lista y vestida a las seis de la tarde.
—Te voy a llevar a un lugar ¡muy ESPECIAL!

—¿Dónde me vas a llevar? —preguntó Olivia muy bajito.

—¡Es una SORPRESA!

—Bien, mami, estaré lista.

Durante todo ese triste día, Olivia intentó imaginar
qué cosas podría necesitar en una institución.

Empacó sus míseras posesiones,
se puso su mejor vestido y bajó las escaleras.

—Oh, no puedes llevar esas cosas
al lugar donde vamos.

—Estás demasiado callada esta noche, Olivia.

Olivia no contestó.
Se estaba despidiendo de la ciudad
que tanto amaba.

Cuando salieron del taxi, Olivia gritó:

—¿EL BALLET? ¿Me has traído al BALLET?

—¡Sí, cariño! ¡ESA es la sorpresa!

—Yo pensé que me estabas llevando a una ¡INSTITUCIÓN!

—¿Una institución? Olivia... ¿has estado fisgoneando?

—¿Qué significa "fisgoneando"? —preguntó Olivia.

—Significa esconderse para escuchar las conversaciones de otras personas, cariño.

—Mami, yo NUNCA haría eso. ¡Yo estaba ESPIANDO!

Antes de sentarse, su mamá le preguntó si
necesitaba usar el "ya-sabes-qué".
—No —dijo Olivia—. Estoy bien.

Por supuesto, a los diez minutos de empezar el primer acto,
Olivia tenía que usar el "ya-sabes-qué".
Urgente.

—Disculpe, mi pequeña necesita usar el "ya-sabe-qué".

—Por supuesto. Es la puerta a mano izquierda.

—¿Necesitas que vaya contigo, Olivia? —preguntó su mamá.

—YO SÉ ir al baño sola, mami.

—Yo tengo una de la misma edad. Son tremendas.

—Así es. No puedes descuidarte ni un segundo.

—¡Ni un solo segundo!

—¡Por fin llegaste! —dijo la mamá de Olivia—.
Te demoraste tanto que ya me estaba preocupando.

—Estaba mucho más lejos de lo que dijo la señora.

—Gracias, mami. Estuvo precioso.

—Cariño, me encanta que te haya gustado.

—Sin embargo —añadió Olivia—, las chicas en el *pas de quatre* pudieron haber trabajado mejor sus *entrechats*.

—Bien, Olivia, ¿qué has aprendido fisgoneando?

—Verdades a medias e informaciones erróneas.

—¿Y cómo te hizo sentir eso?

—Insegura y desconfiada.

—Lo siento, mami.
Yo prepararé la cena toda la
semana siguiente.

—¡Oh, no, de ninguna
manera!
—dijo su mamá.

—MAMI,
¡YO SÉ cocinar!

El fin

(al menos hasta mañana)